RONSIN (Ch. Ph.)

Arétaphile ou la révolution de Cyrène - Tragédie en 5 actes, en vers représentée pour la 1ère fois le 23-6-1792

Paris, 1793

ARÉTAPHILE,

OU

LA RÉVOLUTION DE CYRENE.

ARÉTAPHILE,

OU

LA RÉVOLUTION DE CYRENE,

Tragédie, en cinq Actes, en vers, faite en 1786.

Représentée, pour la première fois, sur le Théâtre de la rue de Louvois, le 23 Juin 1792.

Par CH. PH. RONSIN.

A PARIS,

Chez GUILLAUME *junior*, Quai des Augustins, N°. 42.

1793.

ACTEURS.

ÉGLATOR, ancien chef de la République de Cyrène.

ARÉTAPHILE, femme d'Églator.

OXIANE, fille d'Églator et d'Arétaphile.

NORATE, tyran de Cyrène.

ÉNARUS, Gouverneur de la Tour.

PHÉDIME, ami d'Églator.

EURYMÈNE, Officier des Gardes de Norate.

SENATEURS.

SOLDATS.

PRÊTRES.

PEUPLE.

L'action se passe dans la ville de Cyrène.

Le premier acte, dans la Cabane d'un pauvre; le second, dans la Tour; le troisième, dans le Palais de Norate; le quatrième, dans la Salle du Sénat; et le cinquième, dans le Temple.

ARÉTAPHILE,

OU

LA RÉVOLUTION DE CYRENE,

Tragédie, en cinq Actes.

ACTE PREMIER.

SCÈNE PREMIÈRE.

ÉGLATOR *seul.*

O nuit; nuit désastreuse, et vous songes affreux,
Ennemis du seul bien qui reste aux malheureux;
De nos calamités renaissantes images,
Fuyez, j'accomplirai vos funèbres présages;
Vous m'annoncez la mort : elle est mon seul recours;
Depuis quinze ans j'aspire au dernier de me jours.
Depuis quinze ans, banni des murs qui m'ont vu naître,
Proscrit par le brigand qui s'en est rendu maître,
Séparé d'une épouse à l'instant où son sein
Promettoit à mes vœux un fruit de notre hymen,

Fugitif, et par-tout mis au rang des coupables ;
J'ai vu s'accumuler sur mes jours misérables,
Ces affronts si cruels et toujours impunis,
Qu'on se plait à jetter sur les pas des bannis.
Un ami me restoit : et lorsque dans Cyrène,
L'espoir de la vengeance avec lui me ramène ;
Lorsque j'attends, caché dans ces foyers obscurs,
Que du bruit de ma mort il remplisse ces murs,
Et de l'usurpateur, trompant la barbarie,
Rallume en tous les cœurs, l'amour de la patrie,
J'attire sur ses jours le malheur qui me suit.
La lumière a fait place aux ombres de la nuit,
Et je ne revois point le généreux Phédime. . . . .
Ah ! si de son courage il étoit la victime !
Si le ciel dans ces murs ne l'avoit ramené,
Que pour livrer sa tête au crime couronné ;
Mais on vient.

SCÈNE II.

ÉGLATOR, PHÉDIME.

ÉGLATOR.

Seul appui qui reste à ma vieillesse,
Cher ami, dans mes bras est-ce toi que je presse ?
Que ton retour tardoit à mon cœur effrayé !
Mais je revois Phédime, et j'ai tout oublié.
O toi qu'à ma disgrace un si beau zèle enchaîne,
Que dit-on du tyran ? qu'as-tu vu dans Cyrène ?
Que font nos citoyens ? Au joug accoutumés,
Adorent-ils la main dont ils sont opprimés ?

PHÉDIME.

Au silence lugubre, à la profonde crainte,
Qui depuis ce matin règne dans cette enceinte,
Je croirois que Norate, à la terreur livré,
Soupçonne qu'en ces murs Églator est rentré.
Le palais est fermé : de nombreuses cohortes,
Du temple et de la ville environnent les portes;
Tous nos concitoyens renfermés sous leurs toits,
Ont de leur liberté perdu les derniers droits;
Et ce qui met le comble à la publique injure,
C'est qu'aucun d'eux ne laisse échapper un murmure.

EGLATOR.

Quel opprobre avec soi traîne l'adversité!
Quoi de tant de soldats, nés pour la liberté,
De tant de citoyens, aucun ne se présente,
D'un esprit assez fort, d'une ame assez constante,
Pour oser s'immoler au bien de tout l'état?
Aucun n'est envieux d'un si noble attentat?
Tous craignent de percer le cœur qui les opprime.
Ah! d'indignation ma force se ranime.
Viens, Phédime, suis-moi, guide mes foibles pas,
A mon lâche oppresseur viens porter le trépas.

PHÉDIME.

Ah! seigneur, à quel point la douleur vous égare?

ÉGLATOR.

Nous mourrons, mais couverts du sang de ce barbare,
Nous mourrons, mais vengés.... et nos derniers regards,
Verront la liberté renaître en nos remparts.

PHÉDIME.

De quel aveugle espoir vous laissez-vous séduire?
Dans son affreux palais qui peut vous introduire,
Tandis qu'environné de gardes odieux,
Ce tyran qui craint tout, se cache à tous les yeux?
Si j'en crois la nouvelle en ces remparts semée,
On prétend que son ame en secret allarmée,
Sur un hymen qu'il dit favorable à l'état,
Doit consulter demain les grands et le sénat.

EGLATOR.

Le sénat! en est-il sous un joug tyrannique?

PHÉDIME.

Oui, de l'usurpateur l'adroite politique
En a conservé l'ombre; et le peuple abusé,
En souffre mieux les fers dont il est écrasé.

ÉGLATOR.

Ainsi ce monstre, adroit à combler nos misères,
N'a plus pour sénateurs que de vils mercenaires,
A qui la soif de l'or en a fait recevoir
La pourpre sans honneur, et le nom sans pouvoir!
Mais, Phédime, sais-tu quelle est l'infortunée
Qui doit à ce barbare unir sa destinée?

PHÉDIME.

On dit que, dès l'enfance enfermée à la tour,
D'un sang cher à ce peuple elle a reçu le jour.

ÉGLATOR.

C'est donc ainsi, grands dieux, que, fourbe avec audace,

Des pères qu'il proscrit il adopte la race.
De haine et de foiblesse assemblage nouveau,
Il met la fille au trône et le père au tombeau.
Je ne suis pas le seul qui, banni par ce traître,
Du sort de ses enfans l'ait vu se rendre maître...
Ah! pour venger la honte où les cœurs sont réduits,
Sous le joug du brigand qui les a tous séduits,
Que n'allons-nous, Phédime, aux yeux de la patrie,
De ce lâche imposteur retracer la furie?

PHÉDIME.

Moi-même j'ai voulu, sur vous, sur vos malheurs,
De quelques citoyens interroger les cœurs,
Et comparant leur honte à leur gloire passée,
J'osois sur vos vertus ramener leur pensée:
Les ingrats de vos loix ne se souviennent plus.
Enfin, je n'ai trouvé dans ces murs corrompus,
Qu'un inconnu, dont l'ame attentive à mes plaintes,
Sembloit de la pitié ressentir les atteintes.
Je ne sais quel nuage, au nom seul d'Églator,
Obscurcissoit l'éclat de son front jeune encor.
Chaque mot de ma bouche excitoit ses allarmes;
Triste, et fixant sur moi ses yeux baignés de larmes
Il m'aborde, et demande avec avidité,
Si ces murs m'ont vu naître, et quels flancs m'ont porté;
Si j'avois vu ces tems de discorde et de haine,
Où le sage Églator fut banni de Cyrène:
Quel intérêt me lie au sort de ce héros;
Si j'avois partagé son exil et ses maux,
Enfin, s'il vit encore, et dans quelle contrée;
Il cache sa vieillesse à l'opprobre livrée.
J'allois, de vos destins trahissant les secrets,
Répondre avc franchise à ses soins inquiets;

Lorsqu'un soldat s'avance; il lui parle, et la joie,
De momens en momens, sur son front se déploye:
Le soldat se retire; et le jeune homme alors,
Laissant de son ivresse éclater les transports,
Me demande s'il peut, sous le toît que j'habite,
M'avouer en secret le soupçon qui l'agite;
J'y consens, et lui-même, au milieu de la nuit,
M'a promis de se rendre en cet obscur réduit.

ÉGLATOR.

Quel est-il? Et d'où vient que mon sort l'intéresse?

PHÉDIME.

S'il faut de ses discours en croire la noblesse,
Et l'aimable candeur empreinte sur son front,
Son cœur brûle en secret de venger votre affront.
Je ne puis cependant vous déguiser ma crainte;
Si Norate vous croit caché dans cette enceinte,
Peut-être ce jeune homme est un vil courtisan,
Qui, nourri dès l'enfance à la cour du tyran,
S'est fait pour lui complaire une étude hardie,
De tout ce qu'ont d'affreux l'art et la perfidie.

ÉGLATOR.

N'importe, il faut le voir : si c'est un imposteur,
Sa fourbe avancera la fin de mon malheur;
Si c'est un citoyen, un de ces cœurs sublimes,
Qui de la tyrannie abhorrent les maximes,
Je veux que par ma voix son courage excité,
A ce peuple avili rende la liberté :
Je veux que par son bras Cyrène soit vengée.

PHÉDIME.

Il entre . . . .

ÉGLATOR.

A son aspect ma peine est soulagée :
Je ne sais qu'elle voix me parle en sa faveur. . . .
Tu le vois comme un traître, et moi comme un vengeur.

SCÈNE III.

ÉNARUS, ÉGLATOR, PHÉDIME.

ÉNARUS, *à Phédime.*

Si j'en crois les soupçons dont mon ame est remplie,
Aux destins d'Églator un nœud secret vous lie.
Vous puis-je en sûreté confier mes projets ?

En montrant Églator.

Mais quel est ce vieillard dont les yeux inquiets
Semblent sur vous et moi se tourner avec peine ?

PHÉDIME.

Hier avec la nuit, arrivé dans Cyrène,
Il venoit s'informer si du nom d'Églator,
Ces murs qui lui sont chers se souviennent encor.

ÉGLATOR.

Et qui ne plaindroit pas cette ville infidelle ?
Depuis qu'un sceptre affreux s'appesantit sur elle,
J'ai moins souffert des coups qui m'en ont exilé,

Que du joug dont je vois tout ce peuple accablé.
Furieux, indigné de voir la tyrannie
Triomphante quinze ans, et quinze ans impunie,
Je sentois s'aggraver le poids de mes douleurs,
Et malgré moi le fiel se mêloit à mes pleurs.
Mais Phédime avec moi pleuroit votre esclavage:
Sa constante amitié ranimoit mon courage;
Pour adoucir mes maux, il oublioit les siens.

ÉNARUS.

O! qui que vous soyez, généreux citoyens,
Combien vous m'êtes chers! qu'il est doux à mon ame,
De rencontrer deux cœurs qu'un si beau zèle enflame!
Sur les grands intérêts dont je suis agité,
Je puis donc devant vous parler en liberté...?
Avant tout, dites-moi si ce chef magnanime,
Que Cyrène a banni pour couronner le crime,
Si le sage Églator a terminé ses jours.

PHÉDIME.

Les dieux de ses malheurs ont prolongé le cours.

ÉNARUS.

Ah! si dans ces remparts il pouvoit reparoître.

ÉGLATOR.

Hé bien, que ferois-tu?

ÉNARUS.

Peut-être alors, peut-être
Ce père de l'état, ce grand homme outragé
Verroit son pays libre, et son exil vengé.

ÉGLATOR.

Qu'avec ravissement j'accepte ce présage !

ÉNARUS.

Ah ! si je vous disois, ce que peut mon courage,
Si vous saviez le sang que j'aspire à verser . . .
C'est au seul Églator que je veux l'annoncer.
Qu'il vienne, il apprendra qu'en ces tems de misère,
Il est encor des cœurs à qui la gloire est chère.

ÉGLATOR.

O mon ami, je vois qu'en ton cœur indompté,
La vertu n'est pas morte avec la liberté.
Mais dis, pour Églator quel intérêt t'anime ?

ÉNARUS.

Mes yeux n'ont jamais vu ce vieillard magnanime ;
Mais j'ai vu les cruels qui l'ont osé bannir,
Et je sais quels forfaits il me reste à punir ;
Les momens me sont chers, et la nuit qui s'avance,
A la tour que je garde exige ma présence :
Si ce chef que je plains n'est pas loin de ces lieux,
Faites qu'avant le jour il paroisse à mes yeux.

EGLATOR.

Ah ! Phédime, il est tems qu'Eglator se déclare.

PHÉDIME *à Énarus.*

Mais quels sont vos desseins ?

ÉNARUS.

d'immoler un barbare.

ÉGLATOR.

Qui ?

ÉNARUS.

Norate. . . .

ÉGLATOR.

Norate . . . apprends donc qui je suis.
Ce vieillard, dont tu plains l'opprobre et les ennuis,
Cet Églator . . .

ÉNARUS.

Hé bien . . .

PHÉDIME *à Églator.*

O dieux qu'allez-vous faire ?
Tremblez...

ÉNARUS.

Ah! je vois tout.. O grand homme!.. O mon père!..
Pardonnez-moi ce nom si doux et si sacré,
Que la tendresse arrache à ce cœur enivré.

ÉGLATOR.

Ah! que n'es-tu mon fils ! . . Je ne sais à ta vue
Quel murmure s'élève en mon ame éperdue?
Quand je partis, ma femme en ses flancs malheureux,
Portoit de notre amour un gage précieux.
Leur sort m'est inconnu . . . Si mon enfant respire,
Puissè-je voir en lui la vertu qui t'inspire ?
Mais, que de ma fortune à jamais détaché,
Dans la nuit qui le couvre il languisse caché,

S'il n'a pas de mon sang conservé la noblesse . . .
C'est toi que veut pour fils adopter ma tendresse . . .
Si je ne suis plus père . . .

ÉNARUS.

Ah! vous l'êtes encor.

ÉGLATOR.

Quoi! les dieux. . .

ÉNARUS.

Ont veillé sur le sang d'Églator.

ÉGLATOR.

Quoi, ce gage si cher du plus tendre hyménée ! .

ÉNARUS.

Il respire.

ÉGLATOR.

Et sa mère . . .

ÉNARUS.

A la tour enchaînée,
C'est-là que dévorant ses pleurs et son amour,
A l'aimable Oxiane elle a donné le jour.

ÉGLATOR.

O ma femme... O ma fille !... Ah ! conduis moi près d'elles;
Mais n'abuses-tu pas mes larmes paternelles ?
A cet espoir si doux mon cœur craint de s'ouvrir...
Si tu m'avois trompé, j'aurois trop à souffrir.

ÉNARUS.

Moi, vous tromper, seigneur! Sachez mieux me connoître.
Si dans un rang obscur le destin m'a fait naître;
Si mon père au tyran vendit ma liberté,
De l'homme indépendant je me sens la fierté.

ÉGLATOR.

Pardonne à mes malheurs un soupçon qui t'outrage;
L'imposture n'a point un si noble langage;
Je te crois, je suis prêt à marcher sur tes pas.

PHÉDIME.

Quoi, seigneur, vous pourriez!.. Ah! ne vous perdez pas.
Vous savez qu'en ces murs la tyrannie habite;
Craignez tout.

ÉNARUS.

Que dit-il? Et quel trouble l'agite?

ÉGLATOR.

D'un ami d'Églator excuse les terreurs;
Nous vivons dans un tems de désordre et d'horreurs,
Où de l'usurpateur les maximes infâmes,
Des venins du mensonge ont infecté les ames:
Et tous ceux qu'à ces loix nous voyons obéir,
Nous semblent des cœurs faux payés pour nous trahir.

ÉNARUS.

Vos soupçons sur ma foi n'ont rien dont je rougisse:
Écoutez, et bientôt vous me rendrez justice.

Né pauvre, je rampois dans des travaux obscurs,
Lorsque la tyrannie arriva dans ces murs.
Mon père... Ah! son erreur combla mon infortune,
Mon père, partageant l'injustice commune,
Me vendit comme esclave au tyran d'Églator;
On vous peignoit coupable, et moi, crédule encor,
Je fus d'abord séduit par ces lâches maximes,
Qui du nom de vertus consacrent tous les crimes:
Je crus que sur la feinte et la sévérité,
Les rois devoient toujours fonder leur sûreté.
Ainsi, d'un maître adroit, élève trop docile,
Embrassant avec feu sa politique habile,
Je fus bientôt chargé d'un rigoureux emploi:
La garde de la tour fut commise à ma foi.
Loin qu'à mes yeux ce poste eût quelque ignominie,
Tous ceux qu'entre mes mains jettoit la tyrannie,
Fussent-ils innocens, me sembloient odieux.
Digne esclave du roi qui fascinoit mes yeux,
Au cri de la pitié mon ame étoit fermée.
Mais lorsque dans cette ame, avec le tems formée,
L'âge eut de la raison fait luire le flambeau,
Je crus renaître alors dans un monde nouveau;
Mon esprit détrompé sut enfin reconnoître
Que la gloire n'est pas à ramper sous un maître
Qui d'un sceptre de fer accable ses sujets.
Confus de mes erreurs, honteux de ses bienfaits,
Je sentis s'élever dans mon ame attendrie,
Une voix qui parloit au nom de la patrie;
je l'entendois gémir sous un maître odieux;
Et portant sur sa vie un œil plus curieux,
Je ne vis plus en lui qu'un monstre sanguinaire.
Mais lorsque d'Églator rappellant la misère,

De son bannissement j'interrogeai la Loi,
Ce vieillard dans l'exil devint un dieu pour moi.
C'est alors qu'indigné d'avoir servi le crime,
Mon cœur jura vengeance à ce chef magnanime :
Mais cachant avec art un si noble courroux,
J'attendois le moment de frapper ces grands coups :
Je l'ai trouvé . . . Les dieux ont servi ma colère.

ÉGLATOR.

Que dis-tu ?

ÉNARUS.

Qu'à l'état j'oserai rendre un père,
Et dans le sang d'un monstre éteignant ses fureurs,
Lui faire de son règne expier les horreurs.

ÉGLATOR.

Quoi seul ? . .

ÉNARUS.

J'aurai pour moi le ciel qui vous protège,
Et ce fer qu'en mes mains mit sa main sacrilège.
Le tyran n'a pour lui que des hommes sans mœurs,
Qui, de sa politique ambitieux flatteurs,
Seront tous dévoués à la publique haine,
Quand du bruit de sa mort j'aurai rempli Cyrène.

ÉGLATOR.

Mais ma femme et ma fille ont-elles cet espoir,
Que sur ta foi mon cœur se plait à concevoir ?
Si la même pitié te parle aussi pour elles . . .

ÉNARUS.

Jugez si je prends part à leurs peines cruelles :
Norate en leur prison ne laisse entrer que moi.
Auprès d'elles chargé d'un douloureux emploi,
Je suis le seul qui puisse adoucir leurs allarmes.
Combien de fois mes yeux ont-ils baigné de larmes,
L'aliment qu'en tremblant j'allois leur présenter,
Et qu'enfin ma pitié les forçoit d'accepter !
Oxiane, sur-tout, me voyoit avec joie,
Compatir aux affronts où leur vie est en proie . . .
Pour moi, je l'avouerai, ses graces, ses attraits,
Cette noble candeur qui brille en tous ses traits,
Son courage à souffrir, son amour pour sa mère,
Ses vertus . . . Tout conspire à me la rendre chère.
Hier même, livrée aux plus vives douleurs,
Sa mère lui parloit de vous, de vos malheurs :
Je jurois à leurs pieds de venger tant d'outrage,
Lorsque soudain Norate, à qui tout fait ombrage,
M'appelle, et laissant voir que son cœur plein d'effroi,
Au bruit de votre mort ajoutoit peu de foi,
Me dit qu'il veut au trône élever Oxiane;
Et que cet hyménée, où le sort le condamne,
Devoit, de la discorde étouffant tous les cris,
A son pouvoir suprême asservir les esprits.
Mais il m'ordonne avant, de chercher le rébelle
Qui de votre trépas répandoit la nouvelle ;
J'y consens, et je pars satisfait et jaloux
D'un emploi qui s'accorde avec mes vœux pour vous.
Déjà de vos destins Phédime alloit m'instruire,
Lorsque par un soldat Norate m'a fait dire
Que cette nuit lui-même il iroit sans témoins,
S'informer à la tour du succès de mes soins.

C'est-là que je l'attends, cest-là que son supplice
Doit de son règne affreux expier l'injustice,
Et ravir votre fille à des nœuds pleins d'horreur.

ÉGLATOR.

D'un si grand sacrifice auras-tu seul l'honneur ?
Ne puis-je partager cette illustre vengeance ?

ÉNARUS.

Restez encor caché dans l'ombre du silence ;
La nuit a déjà fait la moitié de son tour,
Et Norate bientôt va se rendre à la tour ;
J'y vole ; pour sortir de votre humble retraite,
Attendez que ce glaive ait fait tomber sa tête ;
Alors, vous paroîtrez.

(*Il sort.*)

ÉGLATOR.

Ah ! je respire enfin :
L'espoir de la vengeance est rentré dans mon sein.
Ce peuple, si long-tems avili sous un maître,
Va voir avc le jour sa liberté renaître.

Fin du premier Acte.

ACTE SECOND.

SCÈNE PREMIÈRE.

ARÉTAPHILE, OXIANE.

ARÉTAPHILE.

Oui, ma fille, j'ai peine à concevoir l'effroi,
Qui depuis quelques jours s'est emparé de toi.
De l'appui d'un esclave en secret outragée,
Formes-tu d'autres vœux que pour être vengée ?

OXIANE.

Qu'importe qu'Énarus soit né d'un sang obscur,
S'il a reçu du ciel un cœur sensible et pur,
S'il prend à nos malheurs l'intérêt le plus tendre.

ARÉTAPHILE.

A ses soins généreux j'étois loin de m'attendre;
L'exil de mon époux m'avoit ravi l'espoir
De rencontrer des cœurs que je pusse émouvoir,
Et regardant ces murs comme un affreux repaire,
Où devoient s'achever ma honte et ma misère
Oú de mon oppresseur l'ardente inimitié,
Ne laisseroit jamais pénétrer la pitié :
J'attendois en pleurant la fatale journée
Qu devoit commencer ta triste destinée :

Vil jouet d'un tyran, je conjurois les dieux
De cacher ta naissance à son œil envieux;
O nuit toujours présente à mon ame craintive,
Où ta mère éprouvant la frayeur la plus vive,
Te vit naître, et sortir de ses flancs malheureux,
Sans laisser échapper un seul cri douloureux!
Tu gémissois: tes cris glaçoient mon cœur de crainte;
Ainsi nos premiers jours commencent par la plainte,
Malheureux, nous pleurons, même avant que nos yeux
Se soient encore ouverts à la clarté des cieux.
Envain par ses baisers, la plus tendre des mères
S'efforçoit d'étouffer tes plaintes trop amères:
Que devins-je? Quel trouble égara mes esprits?
Lorsque dans mon cachot, attiré par tes cris,
Le gardien de la tour à mes yeux se présente.
A l'aspect d'Énarus, pâle et presque mourante,
Je cachois mon enfant dans mon sein effrayé.
Mais soit que ma douleur excitât sa pitié,
Soit que pour lui ta vue eût déjà quelques charmes,
Ce jeune homme à mes pieds qu'il arrosoit de larmes,
Jura qu'il me rendroit par ses soins indulgens,
Ma prison moins affreuse, et mes fers moins pesans.
Un langage si doux soulagea ma tristesse;
Il n'a point un moment démenti sa promesse;
Mais tu ne conçois pas ce qu'il m'en a coûté
Pour accepter l'appui que m'offroit sa bonté.
L'orgueilleux souvenir de ma grandeur passée
Revenoit à toute heure accabler ma pensée,
Me montroit un esclave attendri sur mon sort.
Le croirois-tu? Cent fois j'ai conjuré la mort
D'épargner à nos jours cette ressource infâme...
Mais la nature enfin l'emporta dans mon ame;
J'étois mère, et ce nom, m'aidant à rallumer

Le flambeau de mes jours prêt à se consumer,
Je chassai des grandeurs la mémoire importune;
Et j'éprouvai bientôt qu'au sein ds l'infortune,
Nous sommes trop heureux de traiter en égaux,
Les derniers des humains qui pleurent sur nos maux.

OXIANE.

Que ce discours m'est cher! Que j'aime à vous voir rendre
Aux bienfaits d'Énarus un hommage si tendre?
Ce n'est pas d'aujourd'hui que mon cœur étonné,
S'applaudit des vertus dont le sien est orné.
Mais je vous l'avoûrai, depuis que son courage,
Jaloux de s'affranchir d'un emploi qui l'outrage,
De notre délivrance a formé le dessein;
Depuis que de Norate il veut percer le sein,
Je ne sais quel effroi s'empare de mon ame;
J'admire en frémissant le courroux qui l'enflâme;
Je crains tout des périls qu'embrasse sa fureur,
Et la mort dans mes sens jetteroit moins d'horreur.

ARÉTAPHILE.

Je vois enfin d'où part votre crainte insensée......
Des soins bien différens tourmentent ma pensée.
Nous tremblons toutes deux : mais, ma fille, écoutez;
Quand le brave Enarus plaint nos calamités,
Quand, de l'usurpateur détestant la furie,
Il veut d'un joug horrible affranchir sa patrie,
Enfin, quand de Norate il a juré la mort,
Nous pouvons de son zèle approuver le transport;
Mais s'il nous faut trembler, ce n'est pas pour sa tête:
C'est de le voir courir à l'honneur qu'il s'apprête.

Oui, si pour la patrie il est beau de mourir,
Envions-lui l'éclat dont il veut se couvrir. . . . .
Qui, moi, je souffrirai, sans une noble envie,
Qu'un esclave pour nous aille exposer sa vie !
Si ses mains, du tyran, versent le sang impur,
Jaloux d'un défenseur né dans un rang obscur,
Et le peuple, et les grands diront que cet esclave
N'eût jamais immolé le cruel qui nous brave,
Si, par un sentiment plus fort que la pitié,
Son cœur à tes destins ne s'étoit pas lié.

OXIANE.

Faut-il qu'avec un cœur si pur, si magnanime,
Enarus soit formé d'un sang qu'on mésestime,
Qu'avec tant de vertus, il ait si peu d'éclat !
C'est peu qu'il compatisse aux malheurs de l'état,
Vous avez vu cent fois avec quelle tendresse
De nos cœurs désolés il calmoit la tristesse.
Non, jamais on n'a pris un soin plus généreux
D'adoucir les affronts qu'essuie un malheureux,
D'épargner la fierté qui n'est que trop commune
A ceux qu'un prompt revers jette dans l'infortune.
Timide, il paroissoit, en nous servant d'appui,
Rougir pour nous des biens que nous trouvions en lui.

ARÉTAPHILE.

J'aime à voir Enarus sensible à nos misères;
Ma fille, ainsi qu'à toi ses bontés me sont chères;
Et la reconnoissance est un si noble soin,
Que son transport jamais ne peut aller trop loin.
Mais te connois-tu bien ? Encor jeune et timide,
Sais-tu si dans ce jour sa voix seule te guide,

Et si ton cœur n'a pas confondu son transport
Avec un sentiment plus ardent et plus fort:
O ma fille, en ton âme, il est tems que je lise.
Oui, si pour Enarus, d'un feu secret éprise.....
Mais il vient.... Quelques soins qui puissent t'agiter,
Devant lui garde-toi de les faire éclater.

SCÈNE II.

ÉNARUS, ARÉTAPHILE, OXIANE.

ÉNARUS.

Au succès de nos vœux, Madame, tout conspire.
La vengeance s'apprête, et votre époux respire.

ARÉTAPHILE.

Quoi! mon époux!....

OXIANE.

Mon père!...

ÉNARUS.

Il est dans ces remparts.

OXIANE.

Pourquoi le dérober à nos tendres regards?
Quand pourrai-je appaiser sa douleur paternelle?

ÉNARUS.

Caché sous l'humble toît d'un citoyen fidèle,

Pour se montrer au peuple, il attend que mon bras,
A son persécuteur ait donné le trépas.

ARÈTAPHILE.

Mais pour lui dans Cyrène est-il un sûr asyle?
Vous savez du tyran la politique habile :
Si ce pauvre, en secret, servoit sa trahison.

ENARUS.

Ecartez de votre âme un injuste soupçon.
Ce citoyen obscur est né trop magnanime,
Pour trahir, à prix d'or, un sage qu'on opprime.
Partageant d'Eglator l'indigence et l'ennui,
Il est depuis quinze ans son guide et son appui :
Lui-même a ramené votre époux dans Cyrène.

OXIANE.

Ainsi mon père et nous, qu'un même joug enchaîne,
Nous aurions succombé sous le poids des douleurs,
Si, pour calmer nos maux et ranimer nos cœurs,
Le ciel n'avoit choisi, dans une classe obscure,
Deux mortels qu'enflammoit la vertu la plus pure.
Ah! s'il savoit les pleurs que sur lui j'ai versés,
Et combien à mon sort vous vous intéressez.

ENARUS.

Il sait tout.... Ce n'est pas que j'aie en sa présence
Vanté les foibles soins que j'eus de votre enfance.
Mais pouvois-je, en parlant de vos destins affreux,
Lui taire la pitié qu'on doit aux malheureux!

(*à Aretaphile.*)

Si vous aviez pu voir quels transports de courage

Ont ranimé soudain les langueurs de son âge,
Et comme à la vengeance il brûloit de courir,
Lorsqu'au récit des maux qu'on vous a fait souffrir,
J'ai joint l'aveu du sort qu'à sa fille on apprête !

ARÉTAPHILE.

Et quel malheur nouveau menace encor sa tête ?
Avilie en naissant sous un joug rigoureux,
Peut-il être pour elle un destin plus honteux ?

ENARUS.

C'est le sort d'un tyran que tout lui fasse ombrage.
Il trouve en ses forfaits l'aliment de sa rage :
Et jamais son pouvoir ne lui semble assuré,
Si de tous ceux qu'il craint il n'est pas délivré.

ARÉTAPHILE.

J'entends : l'usurpateur ne nous a laissé vivre
Que pour mieux contenter la fureur qui l'enivre :
Et tant que sur le trône il se crut affermi,
Loin de tremper ses mains dans un sang ennemi,
A nous persécuter il mit toute sa joie.
Aujourd'hui que son ame aux terreurs est en proie,
Pour étouffer les cris que le nom d'Eglator
Chez ce peuple inconstant peut ranimer encor,
Pour ôter tout espoir à ce sang qu'il déteste,
Le monstre en veut verser le déplorable reste :
Et pour mieux nous punir, il prend pour ton trépas,
L'instant où mon époux revenoit dans nos bras.

ENARUS.

Ce n'est pas à vos jours qu'attente sa furie ;

Vous ne concevez pas toute sa barbarie.
Epouvanté du bruit, qui, jusques dans sa cour,
De l'auguste Eglator annonce le retour,
Il veut, pour consacrer quinze ans de tyrannie,
Voir la triste Oxiane à ses destins unie;
Et lui-même en secret m'a remis le poignard
Qui devoit à sa haine immoler ce vieillard.

ARÉTAPHILE.

Quelle rage, grands Dieux !... Teint du sang de ton père,
Il veut qu'à ses fureurs tu serves de salaire !...

ENARUS.

Avez-vous oublié le serment que j'ai fait?
Même avant d'être instruit de ce nouveau forfait,
J'ai juré par les Dieux et par votre misère,
D'immoler de ma main ce monstre sanguinaire.
Grace au ciel, nous touchons à ce fatal moment.
Sûr qu'à ses loix mon cœur souscrit aveuglément,
A ma fidélité Norate s'abandonne;
Et de tous les flatteurs qu'il nourrit près du trône,
Aucun ne lui paroît moins digne de soupçons
Que l'esclave payé pour garder ses prisons.
Je dois sa confidence à ma propre infortune :
Sans doute il me suppose une âme trop commune,
Un esprit trop rampant pour jamais concevoir
Quelque projet qui puisse ébranler son pouvoir....
Ah! qu'il tarde à mon cœur de lui faire connoître
Si je suis digne en tout du sang qui m'a fait naître.
Lui-même, en cette tour qui touche à son palais,
Me viendra de mes soins demander le succès :
Voici l'heure où des Dieux la bonté se déclare :

Voici l'heure où les Dieux vont punir un barbare,
Avec ce même fer dont il n'armoit mon bras
Que pour exécuter ses lâches attentats.

ARÉTAPHILE.

Non, non, d'un intérêt si grand, si salutaire,
J'ose attendre une preuve à mon époux plus chère;
Ne confiez qu'à moi le soin de le venger :
Quel autre que sa femme a droit de s'en charger?

ENARUS.

Moi.... C'est le seul moyen qui soit en ma puissance,
Pour épurer le sang dont je tiens la naissance;
Et vous me l'enviez, vous, à qui vos ayeux
Ont transmis en partage un nom si glorieux;
Vous, femme d'un héros dont la vie est si belle.

ARÉTAPHILE.

Mais n'aurez-vous point part à ma gloire éternelle,
Si pour ce coup illustre armant ma foible main,
De l'immortalité vous m'ouvrez le chemin?
Si c'est pour mon époux un surcroît d'allégresse.
De voir l'état sauvé par ma main vengeresse,
Vous en céder l'honneur quand je puis m'en saisir,
Ce seroit l'accabler d'un mortel déplaisir.

ENARUS.

Comme vous, envieux de frapper ma victime,
Eglator aspiroit à cet honneur sublime.
Mais j'ai trop de respect pour vos jours et les siens:
Ils sont trop précieux à vos concitoyens :

C'est à moi seul enfin de hazarder ma vie.
Si la mort du tyran de la mienne est suivie,
Ma ruine à l'état n'enlève aucun appui ;
Mais Eglator doit vivre ; on attend tout de lui.
L'heure approche où Norate en ces lieux doit se rendre.

OXIANE.

Aux portes de la tour un bruit s'est fait entendre.

ENARUS.

C'est le tyran.

OXIANE.

Je tremble.

ENARUS.

Et je cours vous venger.
(*Il sort.*)

SCENE III.

ARÉTAPHILE, OXIANE.

OXIANE.

Il s'éloigne... Ah! ma mère, où va-t-il s'engager?
Tous mes sens sont glacés et d'horreur et de crainte.

ARÉTAPHILE.

De quel indigne effroi votre ame est-elle atteinte?

OXIANE.

Enarus va se perdre....

ARETAPHILE.

Il y court sans frémir....
Et vous qu'il va défendre, est-ce à vous d'en gémir?

OXIANE.

Mais si de son courage il périt la victime....

ARÉTAPHILE.

Il est beau de mourir armé contre le crime.

OXIANE.

Ah! si vous pouviez lire en ce cœur malheureux,
Mes transports, ma foiblesse et mes combats affreux,
Non, ma mère, jamais l'indigence, l'outrage,
L'opprobre, tous les maux qu'apporte l'esclavage,
Ne m'ont fait éprouver l'horreur que je ressens:
Jamais tant de chagrins n'ont accablé mes sens:
J'éprouve une terreur jusqu'alors ignorée;
De mille soins mortels mon ame est déchirée;
Et le trait qui me frappe avec plus de douleur,
Est celui qu'Enarus enfonce dans mon cœur.
D'un noir pressentiment, malgré moi poursuivie,
Je ne vois qu'Enarus; tremblante pour sa vie,
Oubliant nos périls pour m'occuper des siens,
Pour épargner ses jours, je donnerois les miens.

ARÉTAPHILE (*à part.*)

Malheureuse, à quel point sa folle ardeur l'entraîne!

OXIANE.

On vient.... C'est Enarus.... Ah ! je respire à peine.

SCÈNE IV.

ENARUS *désarmé*, ARÉTAPHILE, OXIANE, EURYMENE *dans le fond du Théâtre*, SOLDATS.

ARÉTAPHILE (*à Énarus.*)

Eh-bien, en est-ce fait ? Mais qui vois-je ? grands Dieux !

ENARUS (*bas à Aretaphile*)

Des gardes du tyran, c'est le chef odieux....
Cachez-lui les terreurs où votre ame est en proie.

ARÉTAPHILE.

Que nous veut-il ?

ENARUS (*à voix basse.*)

Norate auprès de vous l'envoie :
Il n'est point informé du sort qui vous attend ;
Mais il doit au palais vous conduire à l'instant.

ARÉTAPHILE.

(*à Eurymène.*) (*bas à Enarus.*)
Je vous suis...... Et ton bras a-t-il puni le crime ?

ENARUS.

Non.

ARÉTAPHILE.

Quoi !

ENARUS (*bas à* ARETAPHILE.)

L'usurpateur sait que j'ai vu Phédime...

ARÉTAPHILE.

Et le monstre à la tour ne s'est donc pas rendu ?...

ENARUS (*toujours à voix basse.*)

Non... Mais quelque projet que sa rage ait conçu,
Reposez-vous sur moi du soin de le détruire.

ARÉTAPHILE (*à part*).

Allons, et si j'en crois l'espoir qui vient me luire,
C'est à moi seule, à moi que les Dieux ont remis
La vengeance et l'honneur que tu t'étois promis.

Fin du second Acte.

ACTE TROISIEME.

SCÈNE PREMIÈRE.

NORATE, ENARUS, GARDES.

NORATE.

On dit qu'aux yeux du peuple Eglator va paroître ;
On prétend qu'en secret toi-même as vu le traître,
Qui, de ce chef coupable annonçant le trépas,
Sous ce mensonge adroit cache ses attentats ?

ENARUS (*à part.*)

O ciel, de mes complots la trame est découverte :
Mais feignons.

NORATE.

S'il est vrai qu'on ait juré ma perte,
Si l'ami d'Eglator à tes yeux s'est montré....

ENARUS.

Oui, je l'ai vu.

NORATE.

Pourquoi ne l'as-tu pas livré ?

ENARUS.

Qui, moi !... Mais dans la tour, où vous deviez vous rendre
Ne m'aviez-vous pas dit, Seigneur, de vous attendre ?

NORATE.

Avant tout, d'un rebelle il falloit t'assurer.

ENARUS.

Sa perte est infaillible, et pour la différer,
J'ai mes raisons, Seigneur.... Oui, si sans défiance
Vous vous étiez remis à mon expérience,
Et dans la tour enfin si j'avois pu vous voir,
Vous auriez su si j'aime à faire mon devoir.

NORATE.

Eh bien, achève donc de signaler ton zèle.
Cet ami qn'Eglator arme pour sa querelle,
Que t'a-t-il dit? On croit que non loin de la tour
Ce vil séditieux a fixé son séjour.

ENARUS.

Je l'ignorois, Seigneur.

NORATE.

Qui sait si ce perfide
Au chef que je poursuis n'a pas servi de guide?
Toi, qu'un si noble zèle anime pour ton roi,
Suivi de ces soldats que je livre à ta foi,
Va, cours interroger l'azile de ce traître.

ENARUS.

Si je n'ai pas perdu l'estime de mon maître,
Osez m'en croire, osez cacher à tous les yeux
Un dessein que dans l'ombre on achevera mieux.
Ce traître dont j'ai feint d'appuyer la vengeance,
Doit de tout ses complot me faire confidence:

Du soin de le tromper ne vous fiez qu'à moi.
Ce n'est pas que pour vous je sente quelque effroi :
Si j'en crois les douleurs dont son ame est saisie,
Eglator en effet a terminé sa vie ;
Et les cris d'un rebelle obscur et malheureux,
Contre un roi qui peut tout ne sont pas dangereux.

NORATE.

N'importe, au même instant je veux qu'on le saisisse,
Et j'attends de ta foi cet important service.
S'il est vrai qu'Eglator ait terminé ses jours,
De nos dissentions sa mort finit le cours.
Tu sais que de l'état l'intérêt me condamne
A rompre l'esclavage où naquit Oxiane,
Et que pour appaiser un peuple audacieux,
Qui vers la liberté lève déjà les yeux,
Il faut que l'hyménée à mes destins enchaîne
La fille de ce chef que pleure encor Cyrène.
Et si sa mère osoit réprouver un lien,
Où l'intérêt fait tout, où l'amour n'est pour rien,
J'userai des ressorts qui sont en ma puissance,
Pour affermir mon trône et combler ma vengeance.
J'attends Arétaphile. On vient; c'est-elle, sors :
De ton zèle pour moi déguise les transports ;
Retourne au factieux qui te croit son complice,
Et de mes vains soupçons oubliant l'injustice,
Egale en me servant l'ardeur qu'aura ton roi
A bien récompenser ta prudence et ta foi.

ENARUS.

Je ferai mon devoir, c'est ma seule espérance.
(*à part, en sortant*).
Vous, aidez-moi, grands Dieux, à sauver l'innocence !

NORATE

NORATE (*aux Gardes*).

Qu'on le suive, Soldats, et qu'à sa voix soumis,
On soutienne les droits qu'en ses mains j'ai remis.
(*Une partie des Gardes suit Enarus.*)

SCENE II.

ARÉTAPHILE, NORATE, GARDES.

ARÉTAPHILE.

TYRAN, je viens savoir quelle rage nouvelle
T'arme contre mon sang, et près de toi m'appelle :
J'ai cru qu'avec plus d'art cachant tes trahisons,
Tu viendrois nous frapper dans la nuit des prisons.
De quels affronts nouveaux suis-je encor poursuivie?
Pourquoi romps-tu nos fers, sans nous ôter la vie?

NORATE.

Madame, si j'ai plaint les maux que votre époux
Par ses impiétés a rassemblés sur vous;
Si par un châtiment, sévère en apparence,
J'ai su du peuple alors contenter la vengeance;
Quand ce peuple à vos fers semble enfin compatir,
Rendez justice au soin qui vous en fait sortir;
Il vous reste un garant d'une paix éternelle.....

ARÉTAPHILE.

Et qui donc?

NORATE.

Votre fille. . . . Au trône où je l'appelle,
Consentez qu'elle monte, et dès ce même jour,
La discorde entre nous s'éteindra sans retour.

ARÉTAPHILE.

Tu veux que de la paix ma fille soit le gage;
D'un semblable traité je conçois l'avantage :
Je sais ce que sur nous il répandroit d'éclat,
Et de quelle importance il seroit à l'état.
Mais crois-tu qu'au sortir d'une si longue injure,
Ma fille à ton hymen souscrive sans murmure ?
Le souvenir récent des maux qu'elle a soufferts,
Rend sa douleur trop vive et ses pleurs trop amers.
Mais si ton indulgence à tous mes vœux propice,
Du sort de tous les miens réparoit l'injustice,
Peut-être avec le tems tu pourrois obtenir
L'honneur de voir mon sang à tes destins s'unir.

NORATE.

Si j'étouffois pour vous la pitié qui me reste,
Vous gémiriez long-tems de cet orgueil funeste.
Loin de prendre pour juge entre Eglator et moi,
Un peuple que conduit le caprice ou l'effroi,
D'un trouble si soudain craignez la violence.
Pour changer ses regrets en des cris de vengeance;
Sans doute il suffiroit qu'on me vît aujourd'hui
Vous retirer la main qui vous offre un appui.
Madame, osez m'en croire, et d'un œil moins sévère,
Contemplez cet hymen à l'état nécessaire.
Peut-être ignorez-vous que j'ai percé la nuit

Où votre époux cachoit la main qui me poursuit.
J'ai tout appris : ses jours vont être en ma puissance;
Enarus est fidèle aux soins de ma vengeance :
Il est allé saisir un des séditieux
Qui vers la liberté lèvent encor les yeux ;
On croit que d'Eglator il connoît la retraite ;
S'il se tait, qu'il frémisse ; il y va de sa tête.
Mais Enarus le trompe, et son zèle discret,
Saura de ce rebelle arracher le secret.

ARÉTAPHILE.

Qu'Enarus, en effet, soit imposteur et traître,
Je n'en suis point surprise ; il est ce que doit être
Un esclave, infecté, dès ses plus jeunes ans,
Du poison qu'on respire à la cour des tyrans.
S'il étoit vertueux, ce seroit un prodige.
Mais, sans m'épouvanter, sa trahison m'afflige ;
Et je ne prévois pas que tes superbes vœux,
En feront sur ma fille un progrès plus heureux.

NORATE.

Hé bien, j'imiterai votre haine implacable ;
Frémissez des excès dont la mienne est capable ;
Peut-être pensez-vous qu'un penchant dangereux
A l'hymen d'Oxiane attache tous mes vœux ;
De quelque vain éclat que sa jeunesse brille,
Je vous haïssois trop pour aimer votre fille.
Un intérêt plus cher à mon ambition,
Me faisoit rechercher cette indigne union.
Mais puisque votre orgueil se révolte et s'irrite,
D'un transport qu'en mon cœur la pitié seule excite,
Tremblez. Si de ces murs Eglator fut banni,

Son crime envers les Dieux n'est pas encor puni.
Sur lui, sur tous les siens j'étendrai ma vengeance.

ARÉTAPHILE.

Sa femme est dans tes mains, et sa fille s'avance,
De tes assassinats recommence le cours,
Frappe !

NORATE.

N'espérez pas que j'attente à vos jours :
Je vous garde un supplice et plus lent et plus rude ;
J'égalerai ma haine à tant d'ingratitude :
Près d'Oxiane, enfin, je vous laisse un moment.
Hâtez-vous d'étouffer un vain ressentiment,
Et songez qu'en bravant ma puissance suprême,
Vous perdez votre époux, votre fille et vous-même.

ARÉTAPHILE.

Va porter ta menace à qui craint de périr.

SCÈNE III.

OXIANE, ARÉTAPHILE.

ARÉTAPHILE.

O TOI, qui n'as reçu le jour que pour souffrir,
J'ai rejetté pour toi les vœux de ce perfide :
Si j'ai comblé nos maux, j'ai pris l'honneur pour guide;
Mais ce qui dans mon sein redouble ma fureur,
C'est de voir qu'Enarus n'étoit qu'un imposteur.

OXIANE.

Qui, lui !

ARÉTAPHILE.

Digne, en effet, de sa basse origine;
C'est lui qui nous trahit, lui qui nous assassine.

OXIANE.

Que dites-vous ? Grands Dieux ! Quoi, ce même Enarus
Dont avec moi, vous-même, admiriez les vertus....

ARÉTAPHILE.

Enarus est un monstre, un séducteur impie,
Endurci dans le crime et dans la perfidie.

OXIANE.

Et quels sont ses forfaits ?

ARÉTAPHILE.

Ils sont dignes de lui.
Devions-nous d'un esclave attendre un noble appui ?

OXIANE.

Il a pourtant pris soin d'adoucir nos misères;
Cent fois mêlant ses pleurs à nos plaintes amères,
Il jura, par les Dieux, de venger nos malheurs.

ARÉTAPHILE.

Et cent fois, à travers ses sermens et ses pleurs,
J'aurois dû démêler l'artifice d'un traître.
Je sens que je le hais encor plus que son maître.

Il a porté plus loin l'art et la trahison ;
Mais, lorsqu'il affectoit de plaindre ta prison,
N'ai-je pas dû penser qu'il étoit impossible
D'avoir dans un tel poste un cœur franc et sensible ?
Auroit-il un moment gardé ce vil emploi,
Si l'honneur eut toujours fait sa première loi.

OXIANE.

Mais de sa perfidie êtes-vous bien instruite ?
L'espérance en mon sein n'est pas encor détruite.
Quinze ans accoutumée à l'entendre, à le voir
Partager nos malheurs et notre désespoir ;
Pardonnez si j'ai peine à le croire coupable....
Ah ! de tant de noirceur si son âme est capable,
Je n'ai plus qu'à mourir.

ARÉTAPHILE.

Est-ce vous qui parlez ?
Lorsque je vois sur nous tant de maux rassemblés,
Lorsqu'en un piège horrible on traîne votre père,
Nos périls ne sont pas ce qui vous désespère.
Vous pleurez le coupable!... Ivre d'un fol amour
Vous regrettez la main qui nous ôte le jour ! ...
Ah ! ma fille, la mort est le moindre supplice
Que nous ait d'Enarus préparé l'artifice....

OXIANE.

Non, ma mère, on vous trompe ; et pour ce crime affreux,
Enarus a le cœur trop grand, trop généreux.

SCÈNE IV.

NORATE, ARÉTAPHILE, OXIANE, GARDES.

NORATE.

ENARUS d'Eglator a saisi le complice.

OXIANE.

Dieux !

ARETAPHILE (*à part.*)

De sa perfidie attends-tu d'autre indice !

OXIANE.

Hélas !

ARÉTAPHILE (*a part*).

Cache tes pleurs.....

OXIANE (*a part.*)

A ce point nous tromper !...
Le cruel!

NORATE.

Votre époux ne peut plus m'échapper.
Phédime est mort, Madame, en ce péril extrême,
Qu'avez-vous résolu ?

ARÉTAPHILE.

D'être toujours la même :
D'attendre que le sort, par des coups plus certains,

Du chef que tu poursuis ait réglé les destins;
Et comme à l'innocence il est souvent contraire,
S'il livroit mon époux à ta main sanguinaire,
Peut-être alors saurois-je, en lui servant d'appui,
Ne rien faire d'indigne et de nous et de lui.

SCÈNE V.

ENARUS *et les mêmes.*

ÉNARUS.

AH! Seigneur, paroissez : tout un peuple en furie
A repoussé la garde à mon ordre asservie.
Mille séditieux sont armés contre vous :
Eglator à leur tête enflâme leur courroux ;
Des feux de la discorde il embrâse la ville.
Il parle d'Oxiane, il nomme Arétaphile ;
Et couvrant ses fureurs d'un voile d'équité,
Il marche à la révolte avec impunité.

ARÉTAPHILE.

Hé bien, tyran, voici l'heure de la vengeance.
Le ciel avec ma haine agit d'intelligence :
Pour te chasser du trône, il arme tes sujets.

NORATE *aux Soldats.*

Allons, et d'Eglator confondant les projets,
Eteignons dans son sang son impuissante rage.
(*A* ARETAPHILE)
Et vous qui triomphez au bruit d'un vain orage,
Tremblez....

ARETAPHILE.

Songe aux mutins, et nous laisse en repos.
Norate sort suivi de ses Gardes.

SCÈNE VI.

ENARUS, ARETAPHILE, OXIANE.

ARETAPHILE (*à Enarus.*)

Et toi, qui du tyran sers si bien les complots,
Que ne suis-tu ses pas?

ÉNARUS.

Ah! gardez-vous de croire
Que j'approuve en Norate une fureur si noire!
Je le hais plus que vous.

ARETAPHILE.

De quel front oses-tu,
Lorsque Phédime est mort, nous vanter ta vertu?

ÉNARUS.

Oui, j'atteste des Dieux la puissance invincible,
Qu'à vos malheurs jamais je ne fus plus sensible.
Dans ce cœur outragé ne mettez point la mort.

ARETAPHILE.

Quel intérêt veux-tu que je prenne à ton sort?
Après ta trahison.....

OXIANE.

Hélas!

ÉNARUS.

Daignez m'entendre....

ARETAPHILE.

Te reste-t-il encor quelque piège à nous tendre?

ÉNARUS.

Mais ne savez-vous pas que mon bras désarmé.....

ARETAPHILE.

Je sais que si l'honneur t'avoit seul animé,
Tu n'aurois pas trahi le malheureux Phédime.

ÉNARUS.

Lui-même à l'oppresseur s'est livré pour victime.

ARETAPHILE.

Lâche.... Va, le remords pour moi le plus affreux,
Est d'avoir pu te croire un moment généreux.

ÉNARUS.

Dieux!

OXIANE (*à* ARETAPHILE)

Que lui dites-vous?

ARÉTAPHILE.

Ce que je dois lui dire:
Que jamais sur son cœur la gloire n'eut d'empire,
Et qu'il est digne en tout du sang qui l'a formé.

ÉNARUS.

Je demeure interdit et presque inanimé :
D'aujourd'hui seulement je connois ma misère.
Un esclave, à vos yeux n'est qu'un vil mercenaire.
Jetté par le hasard à la cour d'un tyran,
De toutes ses fureurs on me croit partisan :
On me croit né barbare étant payé pour l'être.
L'horreur qu'on a du sang dont le ciel m'a fait naître,
Se répand sur moi-même ; et l'on ne pense pas
Que je puisse être humain dans un rang aussi bas.
Quelle est du préjugé la force irrésistible ?
Soyez pauvre, et montrez un cœur droit et sensible,
L'acte le plus sacré passe pour trahison ;
Mais joignez l'opulence à la splendeur du nom,
De vos moindres bienfaits la gloire est le salaire,
Comme si la vertu nous étoit étrangère.

SCENE VII.

EURYMENE *et les mêmes.*

EURYMENE (*à* ENARUS.)

Norate a des mutins appaisé le courroux.

OXIANE.

O jour du désespoir !

ARÉTAPHILE (*à* EURYMENE).

Et que fait mon époux ?

EURYMENE.

Des Soldats au palais ont traîné ce rebelle....

ÉNARUS (*a part.*)

Dieux !... Quel prix de mes soins !

ARÉTAPHILE.

Quoi ! ce peuple infidèle....

EURYMENE.

Désarmant sa furie, à l'aspect de son roi,
En faveur d'Eglator a réclamé la loi.
Pour décider le sort que son crime mérite,
Je vais des Sénateurs faire assembler l'élite ;

(*à Enarus.*)

Et c'est vous qui devez le conduire au sénat.
Norate vous l'ordonne.

(*Eurymene sort.*)

SCENE VIII.

ARÉTAPHILE, OXIANE, ENARUS.

ARÉTAPHILE (*à Oxiane.*)

Ainsi, ce peuple ingrat
A des juges sans mœurs abandonne ton père....
Mais j'irai, j'entendrai ce sénat mercenaire.
Le tyran me verra, je peindrai ses fureurs ;

Oui, j'irai, je veux de ma haine embrâser tous les cœurs.

(*à Enarus.*)

Suis-moi, ma fille, allons... Toi, retourne à ton maître :
Pour combler sa vengeance, il a besoin d'un traître.

ÉNARUS.

Moi, vous trahir ! Qui, moi, qui voudrois de mon sang...

ARÉTAPHILE.

Ton bras de l'oppressur devoit percer le flanc,
L'as-tu fait ?

ÉNARUS.

Ah ! voilà le regret qui m'accable,
Tant que vivra ce monstre, on me croira coupable.

ARÉTAPHILE (*en sortant avec sa fille d'un autre côté.*)

Va donc laver ta honte au sang de l'inhumain,
Et ne reparois plus que sa tête à la main.

Fin du troisième Acte.

ACTE QUATRIEME.

SCÈNE PREMIÈRE.

NORATE, SÉNATEURS, GARDES.

NORATE.

JE ne viens point ici par un lâche artifice
Contre ce chef coupable armer votre justice.
Moi-même, de ma haine étouffant le transport,
Je vous fais en ce jour arbitres de son sort :
Vous l'interrogerez : si sa voix téméraire
Outrage encor les dieux qu'en ces murs on révère . . .
S'il vous laisse entrevoir que son cœur ulcéré
Des feux de la discorde est toujours dévoré ;
Sénateurs, c'est à vous de régler son supplice.
A ce séditieux faites grâce ou justice ;
Je consens, je promets de souscrire à vos loix,
Sûr que vous soutiendrez votre rang et mes droits ;
Et que pour assurer la paix de cet empire . . .
(*Aux Gardes*)
Mais il vient, prenez place, et vous qu'on se retire.
(*Les Gardes s'éloignent.*)

SCÈNE II.

NORATE, ÉGLATOR, SÉNATEURS.

ÉGLATOR (*aux Sénateurs.*)

Esclaves d'un tyran, que voulez-vous de moi ? . .
Mais Norate au senat ! qu'y fait-il ? Et pourquoi,
Depuis quand, parmi vous les tyrans ont-ils place?

NORATE.

Je puis, quand il le faut, faire justice ou grace ;
Mais pour vous, je renonce aux droits d'un potentat,
Et vous serez jugé par les chefs du sénat.

ÉGLATOR.

Eux, les chefs du sénat,... Dis plutôt les complices
D'un brigand qu'ils devroient envoyer au supplice.
Qu'appelles-tu senat ? Un tas d'hommes obscurs
Que ton faste insolent attira dans nos murs ;
Un ramas d'étrangers de qui les mains vénales,
S'arrachent à l'envi tes largesses royales,
Et souscrivant sans honte à tes lâches projets,
Trafiquent avec toi du sang de tes sujets ?
(*Aux Sénateurs.*)
Mais, vous qui prétendez me traiter en rébelle,
Quand d'un peuple opprimé j'embrasse la querelle.
Que me reprochez-vous ?

UN SENATEUR.

Vos complots factieux,
Vos mépris pour le trône, et sur-tout pour nos dieux.

Si vous voulez nous voir user avec clémence
Des droits que sur vos jours nous donne sa puissance,
Craignez que de vos cris ce monarque irrité,
Ne s'arme contre vous de son autorité.
Et quand de vos destins il nous rend les arbitres . . .

ÉGLATOR.

Ce n'est pas sans raisons qu'il vous cède ses titres :
Soumis à tous ses vœux, prompts à les prévenir,
Vous n'êtes sénateurs, que lorsqu'il faut punir.
Adroit à déguiser la rage qui l'anime,
Lorsqu'il faut opprimer, il vous charge du crime,
Et vous n'êtesplus rien, lorsqu'il faut pardonner.
Avant qu'un peuple ingrat l'eût osé couronner,
Lorsque la liberté régnoit dans cet enceinte,
On plaidoit sans bassesse, on jugeoit sans contrainte;
Le sénat n'étoit pas ce qu'il est aujourd'hui,
Jamais le foible en vain n'implora notre appui,
Nous n'avions point alors d'esclaves à conduire,
D'usurpateur à craindre, et d'or pour nous séduire.
(*à Norate.*)
Toi qui connois si bien l'art de gagner les cœurs,
S'ils ne s'étoient pas tous vendus à tes fureurs,
S'il en étoit un seul que Cyrène ait vu naître,
Je l'interrogerois, et parviendrois peut-être
A l'armer avec moi pour l'intérêt commun . . .
Mais j'ai beau regarder... je n'en connois pas un.

NORATE.

Falloit-il les choisir chez un peuple infidelle?

ÉGLATOR.

C'est en suivant tes loix qu'il s'est rendu rébelle.

NORATE.

NORATE.

Qu'on le flatte, on l'opprime, il se plaindra toujours;
Il est né pour haïr.

ÉGLATOR.

Quel horrible discours !
Tu veux qu'il te chérisse et tu le tiens esclave !
Tu vis de ses bienfaits, et ton orgueil le brave !
Mais s'il t'abandonnoit, où seroit ton appui ?
Sans toi le peuple est tout, et tu n'es rien sans lui.

NORATE.

Quel orgueil ou plutôt quelle rage imprudente
Te fait haïr la paix qu'un vainqueur te présente ?
Pourquoi ravir ta fille à mes nobles destins.

ÉGLATOR.

S'il faut ou l'immoler ou la mettre en tes mains,
Mon choix est fait : tu peux t'en fier à ma haine.

NORATE.

Mais ce trouble à ta voix excité dans Cyrene . . .

ÉGLATOR.

Tant que l'âge et l'espoir de venger mon malheur
Laisseront dans mon sang un reste de chaleur,
J'oserai l'employer pour punir l'injustice,
Et mes derniers soupirs seront pour ton supplice.

NORATE.

Mais en faveur d'un culte aboli par nos loix,
Quelle audace profane a ranimé ta voix.

ÉGLATOR.

Sénat, je l'avoûrai, j'ai douté si la terre
Occupoit les regards des maîtres du tonnerre;
Ou si, foibles jouets d'un pouvoir incertain,
Nous n'avions d'autres dieux qu'un aveugle destin.
Quand j'admirois l'accord qui règne entre les mondes,
La barrière imposée à la fureur des ondes,
La marche des saisons, de la nuit et du jour
Dont le soleil prescrit l'absence et le retour;
Tout m'annonçoit alors un dieu dont le génie
Créa de l'univers la constante harmonie,
Fertilisa la terre et plaça sous le ciel
Tous ces globes roulans dans un ordre éternel.
Mais lorsque je voyois triomphant sur la terre,
Le méchant faire au sage une sanglante guerre,
Ma raison se troubloit à cet affreux tableau;
De la religion j'éteignois le flambeau;
J'embrassois à regret ce désolant système,
Que tout naît et périt sans un ordre suprême:
Que dans l'immensité, distribués sans art,
Ces globes enflammés ne marchent qu'au hasard.
L'existence des dieux me sembloit incertaine:
« Il n'en est point, disois-je, ou sur la race humaine,
» Jamais ces dieux oisifs n'ont abaissé les yeux. »
Mais que le tyran meure, et j'absoudrai vos dieux.

NORATE *en se levant.*

Sénateurs, vous voyez la rage qui l'inspire.

ÉGLATOR *se levant aussi.*

Esclaves, prononcez, je n'ai plus rien à dire.

UN SENATEUR.

Sa mort seule à la paix peut ramener l'état.

SCÈNE III.

EURYMENE, NORATE, ÉGLATOR, SENATEURS.

EURYMENE *à Norate.*

Seigneur, Arétaphile aux portes du sénat,
Jette des cris de rage, en veut forcer l'entrée ;
Oxiane près d'elle au désespoir livrée,
Demande à voir son père, à mourir dans ses bras,
Et je crains . . .

NORATE.

Il suffit . . . qu'on éloigne leurs pas.
(*Eurymene sort.*)

SCÈNE IV.

NORATE, ÉGLATOR, SENATEURS.

ÉGLATOR.

Quoi ! monstre, quoi ! tu peux dicter cet ordre impie,
Et quand ta main s'apprête à m'arracher la vie,
Tu prives ma tendresse et mes vœux paternels,
Du seul bien qui leur reste en ces momens cruels !

NORATE.

C'est ma seule pitié qui de toi les sépare;
J'espère encor fléchir l'orgueil qui les égare:
Et tes cris imprudens ne feroient qu'enflammer
Cet orgueil que pour toi je cherche à désarmer.
Sénateurs, vous pouvez publier dans Cyrène,
Sa sentence de mort, et de la même peine
Menacer les mutins dont la témérité
Condamnera l'arrêt contre ses jours porté.

(*a Églator.*

Je vais de votre sort instruire Arétaphile.
Puisse à mes vœux son cœur être enfin plus docile!
C'est la dernière fois que je puis pardonner.

ÉGLATOR.

Ma mort est donc certaine, et tu peux l'ordonner.

(*Norate sort avec les Sénateurs.*)

SCENE V.

ÉGLATOR *et* ÉNARUS (*qui paroît dans le fond du théâtre.*)

ÉGLATOR.

Aussi bien il est tems que je rompe la chaîne
Des maux que sur ma tête a rassemblés sa haine....
Il est tems qu'effacé du nombre des humains,
J'aille percer la nuit qui couvre nos destins,
Et demander aux Dieux dont on me dit l'image,
Raison du peu de soin qu'ils ont de leur ouvrage.

ÉNARUS (*s'approchant.*)

Dieux! de quel désespoir ses sens sont possédés!

ÉGLATOR.

Et vous, cœurs avilis, citoyens dégradés,
Que n'êtes-vous témoins de l'état où j'expire;
Peut-être qu'à l'aspect du trait qui me déchire,
Ils me vengeroient tous d'avoir pu me trahir.
Rejetté de leur sein, je meurs sans les haïr :
En reproches contr'eux lorsque ma bouche éclate,
Tous mes vœux sont encor pour ma patrie ingrate.
Mais d'un plus noir chagrin je me sens accablé.
Quand sur un échafaud mon sang aura coulé,
Quels seront vos appuis, épouse infortunée.
Et toi que de mes pleurs je n'ai jamais baignée,

(*à Enarus,*)

Malheureuse Oxiane !... O mon ami, c'est toi
Qui peux sur leurs destins dissiper mon effroi;
Qui sait de quels affronts Norate les menace.
J'aurai la fermeté qu'exige ma disgrace;
Mais qui me répondra qu'une mère, un enfant.....
Leur sexe est si débile et leur malheur si grand!
Ecoute, c'est en toi que mon espoir réside.
Mais, dis-moi, te sens-tu l'ame assez intrépide
Pour les frapper du coup que j'attends de tes mains?
Par excès de pitié montrons-nous inhumains :
Oui, puisqu'enfin la honte est tout ce qui leur reste,
Porte-leur ce billet et ce poison funeste,
Le seul bien qu'en mourant leur laisse ma douleur,
Et le seul qui pourtant convienne à leur malheur.

Dis-leur qu'après ma mort, si cette ville ingrate,
N'en lave pas l'affront dens le sang de Norate,
Ce poison.... Tu m'entends.... Le remède est affreux...
Mais il est nécessaire.

ÉNARUS.

O vieillard malheureux,
Qu'exigez-vous de moi? Quel horrible message!
Pour le remplir, grands Dieux, donnez-moi son courage.

ÉGLATOR.

Quoi! tu ne te sens pas d'un esprit assez fort,
Pour leur porter la paix qu'on trouve dans la mort?
Ah! connois-tu si mal Oxiane et sa mère;
O mon cher Énarus, je suis époux et père;
Mais ces noms que mon cœur a toujours révérés,
Ces noms que le malheur m'a rendus si sacrés,
Ne me feront jamais, pour ma fille et ma femme,
Craindre un coup qui leur sauve un avenir infâme.
S'il est vrai qu'à ma fille, à mon épouse, à moi,
Ton ame s'intéresse.... O mon ami, peins-toi,
Au sein de l'infortune et de l'ignominie,
Une épouse adorée, une fille chérie;
Et si leur déshonneur devoit être éternel....
Dis-moi, te croirois-tu barbare et criminel
Pour remettre en leurs mains de quoi finir leur honte?
Plus tu les aimerois, plus leur mort seroit prompte.

ÉNARUS.

Hé bien, connoissez donc ce cœur désespéré!
Voyez y tous les traits dont il est déchiré.
Ce qui me rend si foible en ce moment terrible,

C'est ce feu dévorant, cet amour invincible
Dont les yeux d'Oxiane ont embrâsé mes sens.

ÉGLATOR.

Quoi! ma fille....

ÉNARUS.

Oui, Seigneur, je l'adore et je sens
Que si de son trépas il faut être complice....

ÉGLATOR, *en lui donnant la lettre et le poison.*

Prends.... Tu te connois mal; je te rends mieux justice.

SCÈNE VI.

EURYMENE, ÉGLATOR, ÉNARUS, SOLDATS.

EURYMENE, *aux Soldats.*

Qu'on le mène à la tour.

ÉGLATOR, *bas à Énarus.*

Mon ami, souviens-toi
Du service fatal que j'attends de ta foi.

ÉNARUS, *bas.*

Allez, je remplirai votre affreuse espérance.
(*à part.*)
A quelle épreuve, ô Dieux, mettez-vous ma constance.
(*Les Soldats emmènent Églator.*)

SCÈNE VII.

EURYMENE, ENARUS.

EURYMENE.

Tandis que du sénat le décret publié
Doit imposer silence à ce peuple effrayé,
Norate qui connoît ta politique habile,
Te charge de fléchir l'orgueil d'Arétaphile;
Apprends-lui du sénat l'irrévocable arrêt;
Dis-lui que d'Eglator le supplice est tout prêt,
Que toi-même es chargé de cet ordre funeste,
Et que pour le sauver un seul moyen lui reste,
C'est de hâter l'hymen où Norate prétend.

ÉNARUS.

Va, dis-lui que fidèle à cet ordre important,
J'en espère un succès à ses vœux favorable.

(*Eurymene sort.*)

SCENE VIII.

ENARUS *seul.*

Ainsi de tous côtés l'infortune m'accable.
Triste jouet d'un sort qu'on n'éprouva jamais,
Je trahis ce que j'aime, et sers ce que je hais;
Et pour comble aux horreurs qui déchirent mon âme,

Dans les coeurs que je plains je passe pour infâme ;
Et de tous les affronts dont me couvre le sort,
Je ne puis me laver qu'en leur portant la mort.

SCENE IX.

ARÉTAPHILE, ENARUS.

ARÉTAPHILE.

Un ordre de Norate auprès de toi m'amène.
Que veux-tu?

ÉNARUS.

Du sénat la sentence inhumaine
Condamne votre époux....

ARÉTAPHILE.

Et je l'apprends de toi....

ÉNARUS.

Ce billet d'Eglator vous répond de ma foi.
Lisez.

(*Il remet une lettre à Arétaphile.*)

ARETAPHILE *lit.*

« De l'amitié généreuse victime,
» En s'immolant pour moi l'infortuné Phédime
» Crut dérober ma tête aux fers des assassins :
» Mais puisqu'enfin le ciel est complice du crime,
» Sers-toi, pour te soustraire au joug qui nous opprime,
» D'un poison qu'Enarus doit remettre en tes mains ».

(*après avoir lu.*)

Un poison !... Je respire.

ÉNARUS.

Ah! tout mon cœur frissonne.

ARETAPHILE.

Et ce poison....

ÉNARUS.

Hélas !...

ARETAPHILE.

Donne, te dis-je, donne;
Ni mon époux, ni toi, ne pouvez concevoir
Jusqu'où ce don fatal élève mon espoir.
Va trouver Eglator; dis-lui que mon courage
D'un bien si précieux va faire un digne usage,
Et qu'en mourant, peut-être, il aura la douceur...
(*à part.*)
Je m'emporte..... En mon sein cachons mieux ma fureur.
(*haut*)
Les momens nous sont chers; fais savoir à Norate
Qu'Oxiane à ses vœux ne sera plus ingrâte.

ÉNARUS.

Oxiane !...

ARETAPHILE.

A sa mère obéis sans effroi;
A ta fidelité je sais ce que je doi

ENARUS.

Ciel!....

(*Il sort.*)

SCENE X.

ARÉTAPHILE *seule.*

Pour mieux dans le piège attirer le perfide,
Cachons à tous les yeux le transport qui me guide,
Et que ma fille même ignore par quels coups
Je vais sauver l'état et venger mon époux.
Elle est jeune, à son âge on connoît peu la feinte;
Son front timide encor trahiroit sa contrainte.
Un soupir, un regard pourroit tout dévoiler:
Ne flattons le tyran que pour mieux l'immoler.
Il vient... Toi qui m'appris à dévorer l'outrage,
Pour un moment, vengeance, étouffe encor ma rage,
Et lorsque avec fureur mon cœur brûle pour toi,
Sur mon front pâlissant ne fais voir que l'effroi.

SCENE XI.

NORATE, ARÉTAPHILE, GARDES.

ARÉTAPHILE.

Tu l'emportes, Norate, et puisque ta clémence,
Veut bien des sénateurs révoquer la sentence,
Oxiane consent à recevoir ta main.
Tu peux tout préparer pour cet auguste hymen.
Mais je veux qu'à l'instant cette union formée
Sous les yeux d'Églator, du peuple et de l'armée,

S'accomplisse avec pompe, et qu'elle apprenne à tous,
Les biens que tu te plais à répandre sur nous.

NORATE.

Si je vois Oxiane à mes destins unie,
C'en est fait : de nos murs la discorde est bannie :
Votre fille pour dot va m'apporter la paix ;
Le trône qui l'attend s'affermit pour jamais.
Auprès d'elle placés, votre époux et vous-même,
Partageant avec moi l'autorité suprême,
Vous bénirez mon choix, et rendrez grâce aux dieux
Qui lui donnent un rang digne de ses ayeux.

ARÉTAPHILE.

La splendeur de ton rang n'est pas ce qne j'envie.
Je sauve mon époux, ma fille et ma patrie,
Je n'ai point d'autres vœux.

NORATE.

Ils seront satisfaits.
Je cours de cette fête ordonner les apprêts.
aux Soldats.
Dans mon appartement, gardes, qu'on la conduise.
à Arétaphile.
Allez, et cependant permettez que j'instruise
Les prêtres et les grands, le peuple et le sénat
D'un hymen si propice et si cher à l'état.
(*Il sort.*)

SCENE XII.

ARÉTAPHILE, GARDES.

ARÉTAPHILE *seule.*

Oui, tyran, ton hymen sera chèr à Cyrène.
La vengeance des dieux s'accorde avec la mienne :
Il semble qu'un esprit d'imprudence et d'erreur,
Abandonne ce monstre à toute ma fureur.
Et la terre, et le ciel, avec moi, tout conspire.
Dans une heure au plus tard j'aurai sauvé l'empire :
Allons, et si ma mort suit ce noble attentat,
Mon nom dans l'avenir n'ira point sans éclat.

Fin du quatrième Acte.

ACTE CINQUIEME.

SCÈNE PREMIÈRE.

ARÉTAPHILE, *une coupe à la main*, OXIANE. *Suite*.

OXIANE.

Qu'est-ce donc qui s'apprête, ô mère infortunée ?
Cet appareil, ce temple où je suis entraînée ;
Cette coupe où votre œil s'attache avec fureur,
Tout pénètre mes sens d'une profonde horreur ;
Est-ce moi qu'aux autels on attend pour victime?

ARÉTAPHILE.

C'est toi dont j'ai besoin pour confondre le crime.
Quelque soit mon dessein, me démentiras-tu ?

OXIANE.

Vous avez sur mon ame un pouvoir absolu.

ARÉTAPHILE, *après avoir posé la coupe sur l'autel*.

Ecoute, à tous nos vœux Énarus est fidèle...

OXIANE.

Ah ! je vous l'avois dit : et d'une ame si belle ;
D'un cœur si généreux, je n'attendois pas moins.

ARETAPHILE.

Ma fille, nos périls demandent d'autres soins.
Lis, et dans ce billet que nous écrit ton père,
Vois de son amitié la marque la plus chère.

OXIANE (*après avoir lu tout bas.*)

« Énarus s'est chargé de remettre en vos mains
» Un poison. »

ARÉTAPHILE.

Tu pâlis.

OXIANE (*en rendant la lettre à sa mère.*)

Quels horribles destins!

ARÉTAPHILE.

Qui te dit qu'en effet ta mort soit assurée?
Va, d'un plus doux espoir mon ame est enivrée.

OXIANE.

Quoi? Rejetteriez-vous un présent si fatal? . . .

ARÉTAPHILE.

Tu m'outrages, ma fille, et tu me connois mal,
Si tu crois que quinze ans d'opprobre et d'esclavage
N'ont pas contre la mort préparé mon courage.
Mourir, n'est-ce donc pas dans la nuit des tombeaux,
Avec notre dépouille ensevelir nos maux?
La mort est le seul bien qui reste au misérable.
Mais, profiter des coups dont le sort nous accable,
Souffrir et s'immoler pour ses concitoyens,

C'est se couvrir de gloire, et j'en ai les moyens.
Le tyran du sénat abolit la sentence,
Si tu veux partager son lit et sa puissance.

OXIANE.

Quoi vous pourriez ! . .

ARÉTAPHILE.

Je tremble à te le proposer,
J'en rougis, mais enfin il le faut épouser.

OXIANE.

Lui dont tantôt vous-même auriez tranché la vie.

ARÉTAPHILE.

Lui dont la perte encor fait toute mon envie,
Lui, qu'à son châtiment j'aurois déja livré,
Si j'eusse eu pour le perdre un coup plùs assuré.
Cet hymen, où tu crains de trouver ton supplice,
Sera bientôt suivi d'un éternel délice;
Et ce même poison.... Mais l'heure n'est pas loin
Où d'un coup si hardi tu dois être témoin :
Jusques-là, sans murmure, obéis à ta mère.

OXIANE.

Vous me faites frémir.

ARÉTAPHILE.

Souviens-toi de ton père;
De moi, de la patrie, et sur-tout du tyran :
C'est de toi désormais que leur destin dépend.
Mes desseins sont couverts de l'ombre la plus noire.

Ma

Ma fille, en ce chemin qui nous mène à la gloire,
Quel qu'en soit le péril, suis-moi sans hésiter :
Ferme les yeux sur tout ce qui peut t'arrêter :
A ce peuple avili donnons un grand exemple ;
Mais déjà l'oppresseur est entré dans le temple ;
Laissons la terreur seule empreinte sur nos fronts,
Nous n'aurons pas long-tems à subir tant d'affronts.

SCÈNE II.

ARÉTAPHILE, OXIANE, NORATE,
PRÊTRES, SOLDATS, PEUPLE.

ARÉTAPHILE.

J'ai cru que, d'Eglator terminant l'esclavage,
Tu le rendrois témoin du nœud qui nous engage :
Tu me l'avois promis.

NORATE.

Je l'ai fait prévenir
De l'auguste traité qui va nous réunir.
Mais, pour être présent à ce grand hyménée,
La haine qu'il me garde est trop enracinée.
Indigné de vous voir resserrer des liens
D'où dépend le bonheur de ses concitoyens,
Son orgueil insensé traite d'ignominie
Ce qui n'est dans vos cœurs qu'amour de la patrie.

ARÉTAPHILE.

Je conçois qu'Eglator, percé de tant de traits,
Ne sente pas le prix de l'effort que je fais ;

Il ne sait pas pour lui jusqu'où va ma tendresse,
Et combien de l'état le malheur m'intéresse.
Mais quand de cet hymen qu'il condamne aujourd'hui,
Il verra tant d'honneurs se répandre sur lui,
Tu peux croire qu'alors il me rendra justice.
Cependant, il est tems que mon vœu s'accomplisse.
La fille d'Eglator va te suivre à l'autel.
Mais tu sais qu'un usage antique et solemnel
Veut que d'un vin sacré cette coupe remplie,
Soit le premier lien qui nous reconcilie.

NORATE.

Oui, prêtres, sénateurs, et vous peuple écoutez :
(*Les soldats et le peuple sont rangés autour du trône : Aretaphile est à la gauche de Norate et Oxlane à sa droite.*)
Lorsque, mettant le comble à ses impiétés,
Eglator à nos Dieux refusa ses hommages,
Et d'un bras sacrilège abolit leurs images :
Lorsque par un arrêt qu'avoit tracé sa main,
Il vous eut interdit tout sacrifice humain,
Vous même, épouvantés de son audace impure,
Vous vouliez dans son sang effacer cette injure ;
Mais, roi, je l'ai banni pour conserver ses jours.
Son épouse restoit : fière, mais sans secours,
Elle auroit succombé sous la fureur commune,
Si je n'eusse à la tour caché son infortune.

ARÉTAPHILE (*l'interrompant*).

Je rends grace en effet aux moyens généreux
Que ta pitié trouva pour nous sauver tous deux ;
J'admire avec quel art tu pris notre défense,

Et jusqu'où ta grande ame a porté la clémence :
Aussi tu vois qu'enfin, plus juste et mieux instruit,
Mon cœur à tes bienfaits prépare un digne fruit....
Mais acheve.

NORATE (*au peuple*)

Aujourd'hui, qu'enflammés d'un faux zèle,
Vous osiez d'Eglator embrasser la querelle;
Lorsqu'il est dans les fers, et qu'enfin le sénat
A déclaré sa mort nécessaire à l'état,
J'en révoque l'arrêt, et mets sa fille au trône.
Vous, qui m'avez trahi, vous à qui je pardonne,
Peuple, apprenez de moi comme il faut se venger.

ARÉTAPHILE.

J'en servirai d'exemple, et tu vas en juger.
(*A part, en prenant la coupe qui est sur l'autel*).
Dieux, conduisez les coups qu'à ce monstre j'apprête.
(*Elle boit et présente la coupe à Norate.*).
(*A part*).
Tiens, Norate.... O vengeance!

NORATE (*après avoir bu, à Oxiane.*)

Et vous, Madame....

ARÉTAPHILE (*à Norate.*)

Arrête.
(*Elle lui arrache la coupe des mains et la pose sur l'autel.*)

NORATE.

Eh quoi! quand votre fille, asservie à ma loi,

ARÉTAPHILE.

Il t'en coûtera cher d'avoir brigué sa foi.....
Tu ne l'auras jamais.

NORATE.

Que prétendez-vous dire?

ARÉTAPHILE.

Qu'il est tems qu'en ces murs la tyrannie expire :
Que si tu veux encor y commander en roi,
C'est d'ordonner soudain que l'on change pour toi
La pompe nuptiale en apprêts funéraires.....

OXIANE (*à part.*)

Dieux! qu'entends-je?

NORATE.

Et quels sont vos complots téméraires?
Lorsque de mes bienfaits tout mon peuple est témoin,
Quand mes soldats armés.....

ARÉTAPHILE.

Tu n'en as plus besoin :
De leur foi désormais tu n'as rien à prétendre,
Et du trône sans eux je te ferai descendre.

NORATE.

Vous, m'arracher du trône! Où donc est votre appui?
S'il est dans Eglator, n'espérez rien de lui.
Sachez qu'à vos fureurs mes haines sont égales.
Quand j'attachois sa fille à mes grandeurs royales,

Mes sentimens pour lui n'en étoient pas plus doux,
Et l'ordre étoit donné d'immoler votre époux.

OXIANE.

Ciel!

ARÉTAPHILE.

Je t'ai bien jugé; tu ne m'as point trompée.
Dans le sang d'Eglator si ta main s'est trempée,
Un attentat si noir étoit digne de toi;
Mais celui qui te perd l'est encor plus de moi.

SCENE III.

EURYMENE *et les mêmes.*

EURYMENE.

Ah! Seigneur, d'Eglator la prison est forcée,
Et, chef des factieux dont la rage insensée
Du trône et du sénat veut abolir les loix,
Enarus montre à tous cet ennemi des rois.

NORATE.

Enarus!

ARÉTAPHILE.

Et c'est lui que j'avois cru parjure.

OXIANE.

Hélas! vous outragiez la vertu la plus pure.

EURYMENE.

Les rebelles vers nous précipitent leurs pas.

SCÈNE IV.

ÉGLATOR, ÉNARUS *et les mêmes.*

NORATE.

Qu'on saisisse Eglator.

ENARUS.

Cruels, n'approchez pas.

NORATE.

Perfide, contre moi quelle rage t'anime?

ENARUS.

Je défends la vertu, je fais la guerre au crime.

NORATE.

Vengez-moi... Mais quels feux s'allument dans mon sang.

ARÉTAPHILE.

C'est le trait de la mort qui déchire ton flanc.

ÉGLATOR.

O fille infortunée! Et toi, mère coupable,
Parle, est-il achevé cet hymen exécrable?
Au bourreau de son père as-tu vendu sa foi?

ARÉTAPHILE.

Embrasse ton épouse; elle est digne de toi;
Au-delà de tes vœux j'ai triomphé du crime:
Tourne les yeux, et vois expirer ta victime.

ÉGLATOR.

Que me dis-tu?

ARÉTAPHILE.

Demande à ce tigre inhumain;
S'il sait d'où part le trait qui lui perce le sein.

NORATE.

Qu'avez-vous fait? Parlez, ou la mort la plus prompte

ARÉTAPHILE.

Va, ce n'est pas à toi que j'en veux rendre compte,
C'est en face des Dieux, du peuple et des soldats,
Que je dois avouer de si grands attentats.
Soldats, peuple, venez contempler mon ouvrage.
Cette affreuse pâleur qui couvre mon visage,
Vous dit que pour Cyrène il n'est plus de tyrans.
Le feu qui me dévore a passé dans ses flancs;
La coupe nuptiale étoit empoisonnée.

EGLATOR.

Ciel!

NORATE.

Et quoi! ta fureur impie et forcenée....

ARÉTAPHILE.

N'appelle pas fureur cette intrépidité
Qui n'appartient qu'aux cœurs nés pour la liberté.
J'ai dévoré quinze ans mon opprobre et ma haine,
Sûre que tôt ou tard le ciel romproit ma chaîne;
J'en attendois justice, et le ciel nous la rend:
Je meurs en citoyenne, et tu meurs en tyran.

NORATE.

Soldats, que tardez-vous à venger votre maître?

ENARUS.

Peuple, venge ton père.

NORATE.

A l'aspect de ce traître,
Vous semblez tous frémir...

ENARUS.

O mère des vertus,
Toi qui rends le courage aux mortels abattus;
Auguste liberté, seul bien des grandes âmes,
Viens embrâser leur sein de tes divines flâmes.

(Le peuple et les soldats se prosternent aux pieds d'Arétaphile. On emmène Norate.)

ARÉTAPHILE.

O ma patrie, ô mort qui comble tous mes vœux!

ÉGLATOR.

Dieux, que j'ai blasphémés quand j'étois malheureux;
Pardonnez une erreur plus aveugle qu'impie.

ENARUS.

Les Dieux nous ont montré que le crime s'expie.
Mais ils ne sont jamais plus justes et plus grands;
Que lorsqu'ils sont armés pour punir les tyrans.

Fin du cinquieme et dernier Acte.

www.ingramcontent.com/pod-product-compliance
Ingram Content Group UK Ltd.
Pitfield, Milton Keynes, MK11 3LW, UK
UKHW021622260726
13994UKWH00003B/1031